# ヘッセからの贈り物

渡辺もと子

人文書院

# ヘッセからの贈り物・もくじ

ヘルマン・ヘッセ。1902年ごろ

# ヘッセからの贈り物

現在のルガノ湖を望んだ風景

# ルガノ湖を見わたすヘッセ家

『車輪の下』『デミアン』などの作品でひろく親しまれているノーベル賞作家で詩人のヘルマン・ヘッセ（Hermann Hesse 1877–1962）。彼の作品は短編小説、長編小説、エッセイ、詩など、たいへんな量である。またヘッセは四十歳くらいから水彩画も描いている。

ずいぶん昔のことになるが、スイス・ルガノにあるヘルマン・ヘッセ終焉の地、モンタニョーラにある家を訪ねたことがある。

後援者のボドマーが建て、生涯にわたってヘッセに提供した赤い家

Dorf im Tessin
Zeichnung von Hermann Hesse

Liebes Fräulein Watanabe, es wird mich freuen,wenn Sie mich von Lugano aus besuchen.Rufen Sie vorher an,Telephon: 2 26 46 ,damit ich zuhause bin .

Freundlich grüsst Sie

Ninon Hesse

Montagnola,14.9.66

ニノン夫人から著者へのはがき

今は家主が変わり、門も鉄の扉で閉ざされ、ヘッセの住んでいたころの赤い壁も白く塗り変えられている。

一九六六年九月、ヘッセ没後四年のことだった。当時ニノン夫人はお元気の由、手紙を差しあげて出かけた。「電話をかけて来てくだされば、在宅している」と電話番号が書かれた絵はがきをもらっていた。絵はがきの上部にはヘッセの絵、その下の短い文にニノン夫人のサインがあった。

はじめて会うヘッセ夫人にはどんな話をしようかなどと、胸をわくわくさせて訪ねていったのだが、一日前の九月二二日に心臓病で亡くなられていたとは——

ルガノ湖——それはミラノから汽車で北方に二時間あまりのところ。ここはスイスの南の端になる。ルガノは人口約二万のちいさな町で夏は

ヘッセ自筆の水彩画

避暑地としてにぎわう。青く澄んだ空、湖、森、湖畔の公園には真っ赤なカンナが咲いていた。

ルガノの町からモンタニョーラまで車で一五分。このあたりは別荘地であろうか、木立に囲まれたクリーム色の家が散在し、のどかな風景がひろがって、森のかげからリスが出てきそうな童話の世界に来たように感じた。

ヘッセは、一九二〇年に出版した『放浪』のなかで次のように語っている。

アルプスの南のふもと、ここでは太陽がいちだんと輝き、山肌はいちだんと明るい。ここはクリやブドウ、イチジクなどがたわわに実り、人びとは貧しくともみなお人好しだ。草の上にでも、岩のほとりにでも、木の切り株の上にでも、あなたの好きなところに座ってごらんなさい。あたりは絵と詩の世界であって、美しい調べのなかに包まれるでしょう。

湖と森に恵まれた自然の美しい環境のなかにヘッセの家はあった。門標に「私道・立ち入るべからず」。ここで私はニノン夫人の急死をきいたのである。隣の家の夫人がちょうど門のところにいたので、「ヘッセ夫人の家はここですね」とたずねると、「亡くなられましたの。昨日――」と悲しそうに力なく答えた。私はびっくりしてしまった。

木立でうす暗い道をつま先上がりに五〇メートルほど行くと、うす紅

1966年、はじめて訪ねたカサ・ロッサ（赤い家）の入口

現在は、所有者によって門扉が閉ざされている

色の家が見えてきた。私の心にこれまでながいあいだ刻みこまれていたヘッセ家。玄関に出てきた家政婦は、「ほんとうに残念です。あなたの来るのを夫人は楽しみにしておられたのに」と言い、中に入るようすめてくれた。応接間には、ニノン夫人の友人である老婦人が三人いて、遠来の私を気の毒そうに迎え、そのうちのひとりが家の内外を親切に案内してくれた。

「ここが書斎です」と、ドアを開けてあとから入ってきた私に説明した。ヘッセの書斎は、日本のヘッセ選集の中に自筆の書斎のスケッチがあったので想像はしていた。小さな落ち着いた部屋で、正面の本棚の前に大きな書きもの机があった。本棚にそった窓から陽がさして、明るく暖かい感じであった。

本や机、ランプなど作家の生前そのままにしてあった。文豪の書斎に

書斎。1904年友人の指物師によって作られた机

しては質素なものであろう。机の上に古めかしい電気スタンドが置いてあった。ヘッセの名が世に出ないころ、雑誌や新聞の編集者から断りの手紙が届き、ランプにだけ詩を読んできかせるという「編集者からの手紙」という詩があった。

「あなたの感動的な詩に対して
厚く御礼申し上げます
それは私たちに深い感銘を与えてくれました
しかし　この詩は私どもの紙面に対しましては
ぴったりしたものではありません
心から残念に存じます」

こういう手紙を　いつもどこかの編集部が
ほとんど毎日のように私に書いてよこす
新聞・雑誌の手合いが
　みんな逃げの手をうつ
凋落の秋の匂いがする　そして蕩児は
どこにも故郷のないことを
はっきりと思い知らされる

しかたなく私は　自分のためにだけ
　詩を書いている　どこというあてもなく
ベッドの脇の小卓の上のランプに向かって
　詩を読んできかせる

ランプだって　私の詩に耳を貸してはくれまい
それでも明るく灯《とも》って　沈黙していてくれる
　それだけでも何とありがたいことか

辞するとき婦人に、日本の多くの若い人たちがどれだけヘッセの作品を読み、親しんできたかをお話しし、ニノン夫人の悲しい知らせを日本の人たちに伝えますと告げた。それは、そのときの私の心からの言葉であった。

ヘルマン・ヘッセはドイツ生まれのスイス国籍だが、九歳年長の元夫人マリア・ベルヌーイとの生活に行き詰まって一九一一年にインド旅行を試みたものの救われず、第一次世界大戦から逃れて一二年にルガノに

モンタニョーラにあるヘッセ最後の家

移った。一九二四年には二十歳年下の歌手ルート・ヴェンガーと結婚したが、幸せになれず数年で離婚した。その後、親しくなったルーマニア生まれの美術史家ドルビン・ニノンが、ヘッセの理想的な秘書役となって、三一年に、三度めの結婚、ニノン夫人との生活に入った。

ヘッセが住んだ最後の家、この家は後援者がヘッセの生涯の住まいとして建てたもので、夫人の没後に子息たちが買いとって記念館とする計画があったが、資金難のために立ち消えとなり、今は人手にわたってしまった。家の内外はもう見ることはできないが、最後に訪問することができたのは幸運であった。当時、撮影させていただいた書斎の写真は、ヘッセの生前そのままの情景で今は貴重なものとなった。

私の学生時代、ノーベル文学賞を受けたヘッセの作品は当時、日本でも次第に紹介されるようになっていた。そのころに読んだ『ペーターカーメンチント（郷愁）』に感動した私は、ヘッセに手紙を送った。ヘッセからの返事の中に、「一九三五年ごろ、庭にて」とサインが入った写真が入っていた。

一九九八年、ルガノを訪ねこの風景に出会ったとき、ヘッセから送られた写真の湖、山、家々など、六十年前とまったく同じなのに感動したのだった。

H. Hesse in
seinem Garten
etwa 1935

1935年ごろ、庭にて

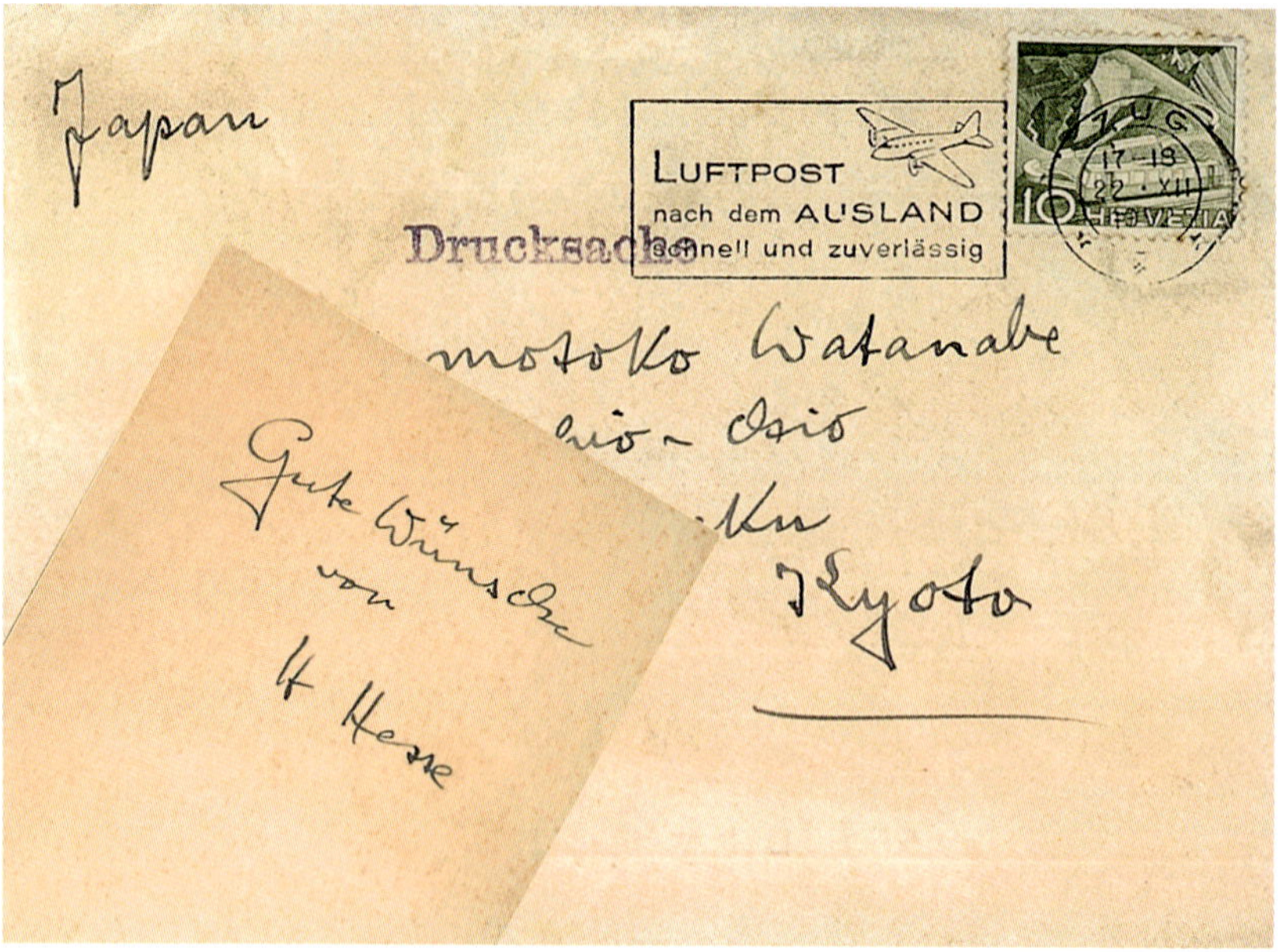
Japan
Drucksache
LUFTPOST
nach dem AUSLAND
schnell und zuverlässig
Motoko Watanabe
Kyoto
Gute Wünsche
von
H Hesse

ヘッセから届いた手紙

# 水車小屋の主

ヘッセの次男ハイナーとはじめて会ったのは一九七五年、ヘッセ水彩画展が東京と名古屋で開催されたときである。京都を訪れた彼とホテルで会った。

その後、一九八三年の四月、勤務先のテレビ局で勤続二十年の社員に休暇があったので、これを利用してスイスへ二回目の旅をした。

出発前、海外旅行にかけてはベテランの友人・H嬢に、ひとり旅のアドバイスをきいた。彼女は旅行会社の海外ツアー添乗員で、この分野では草分け的存在であった。

まず、航空機の乗換えは、到着後の移動がわかりやすく進められる空港を選ぶこと、旅装はシンプルにと。例えば荷物は大きなトランクはやめて機内持ち込みだけにする。空港着後に荷物が出てくる待ち時間を節約するというのである。

彼女の教えをきいて、この旅行はアムステルダムで乗換えミラノまで。空港に着くと荷物を待つこともなく、乗客ではいちばん先に出口に向かった。ミラノの友人宅に日本からの荷物を預け、バッグとショルダーだけの軽装で出発した。荷物が少ないことは、ピクニックに出かけるようなさわやかな気分であった。

ハイナーに会う前夜、ミラノから電話をかけて、午前中に着く列車に乗ると伝えてあった。

ロカルノ。湖のほとりで

ミラノ駅から午前一〇時発の列車でしばらく走ると、萌え出たばかりの新緑の木立の向こうにコモ湖、そしてルガノ湖がひろがった。

南スイスのルガノ、ここにヘルマン・ヘッセが第一次大戦後から一九六二年、八十五歳で亡くなるまで住み、『シッダールタ』、『夢のあと』、『荒野の狼』、『ガラス玉遊戯』など、数多くの作品を生んだところ。

ルガノを通過して、乗り換えのベリゾナ、この駅での三分にはあわてた。急いでホームに降り、中央の改札口の駅員に、「ロカルノ方面は何番ホーム？」ときくと、三本指を上げてトレと答えてくれた。地下道を抜け、三番ホームに上がると、二輌の列車が待っていた。発車すると、いま来た線路を左に見ながら高原の牧場をコトコト走っていった。

「ロカルノ、ロカルノ」という声に列車を降りると、ホームはなく、雑草がいっぱいの道端であった。

迎えにきてくれたハイナー

小雨のなかを途方に暮れていると、背の高いハイナーが現れた。八年ぶりである。

「何語を話すか?」ときかれ、「イタリアーノ、イングレーゼ、ウン・ポーコ」。こんな危なげな返答でも、彼はオレンジ色のシトロエンに乗るようすすめ、昼食のレストランへ案内してくれた。

食事は、胡椒のきいた豚肉入りのピラフ、サラダ、コーヒーであった。昼食後、白樺の木立を縫って山あいを進み、彼の家へ招待してくれた。


このロカルノの家を訪ねるために、広島の友人にハイナーの住所をきいたが、英語も通じないところへ行くのは無理、と教えてくれなかった。手紙に書いてあるアルチェグノという場所がスイスのどのあたりなのか、当時はよくわからなかったので、大阪の中央郵便局へアドレスを持っていった。外国郵便の係員はスイスの郵便番号入りの大きな地図帳を持ってきて郵便番号で場所を探しだし、「ここです」と地図を示してくれた。ヘッセの家のあったルガノから北西に約三〇キロのロカルノと近くの村は、イタリアの国境に近いところだった。

さすが大阪中央郵便局、と感謝したものだった。

ハイナーの家のあるアルチェグノは、南スイスの山の中の小さな村であった。小雨のなかで、山道から入ったところで車を降りると、ハイナーは番傘を差しかけてくれた。番傘に驚くと、「ロカルノの中国雑貨店で買ったものですよ」と微笑んだ。そして、谷のほうへ歩きながら、ここにあった水車小屋を改造したものだと話し、民芸調の家へ案内した。

兄は画家でチューリッヒに住み、弟の彼は文豪ヘッセの出版関係の仕

水車小屋の家にて

事をしているとのこと。書斎でヘッセの水彩画を三十枚ほど見せてもらった。絵は額に入れられ、箱に収められていた。どれも湖や山、家など、ヘッセが好んで作品に描いたルガノ近辺の風景で、シンプルななかに力強さと詩情あふれる絵だった。

ヘッセの姪という老婦人とお茶をいただいた。ハイナーは数年前、日本で開催されたヘッセ生誕百年記念「ヘッセ文学と水彩画」展に行ったときのこと、日本の友人たちのことを話した。ベランダの机には谷を渡ってくる小鳥のために餌がおかれて、四十雀《しじゅうから》、駒鳥たちも山小屋の家族のようだった。水車小屋を改造した家ときいていたが、ベランダの木組みなど、たしかにスイスの農家という雰囲気があった。

ハイナーは、ロカルノのこぎれいなペンションを紹介してくれた。

翌日、ふたたび彼を訪ねると、「今日は山登りをしよう。靴を変えた

ロンコの山からマジョーレ湖を望む

ら？」といとこの靴を持ってきてすすめてくれた。白い革のシューズは私にぴったり。三人で車に乗りこんだ。車で登れるだけ進み、車止めの立て札からは山の稜線に沿って小道を歩いた。

地図で調べると、ロカルノから南西に一〇キロ、ロンコという山。山上にポゾーリ教会があって、白い十字架が湖に向かって立っていた。

真下に濃紺のマジョーレ湖、新緑の下には白や黄の高山植物が群生していた。二〇分ほど歩いて眺めのよいところに腰をおろした。彼は袋から硬い塩味のパンを出して、「ドイツのパンですよ」と分けてくれた。「あの町はイタリア領です」と教えられ、今、国境に立っていることを改めて確かめた。どちらにも輝くアルプスの峰があった。

ヘッセはこうした山をリュックを背にスケッチに出かけ、山や湖を描き、ここで数百の詩を作ったのであろう。「アルプスの峠」という詩がある。

遠く見はるかせば
はるけさの果《はて》なむ国ぞ　イタリアを見る
わが青春の幾年をたのしみし国
いざ帽をふって挨拶を送らんものを
北の国へ　わがさすらいの旅
ただわが心を貫いて火の如く燃える思いは
ああわが故郷はかしこにもなく
またこの南の国にもないことを

ロンコの山を車で下りながら、シューベルトの「野ばら」を唄った。

学生時代のうろ覚えのドイツ語で。

Sah ein knab ein Röslein Stehen...

二人のドイツ人は異国人の唄う「野ばら」を〝愛嬌〟と笑いながらきいてくれた。あたりは栗の実の落ちている静かな林道であった。

ルガノ湖周辺の風景は、ヘッセが描いていたのと同じで変わることなく、新緑の丘のあいだに美しく広がり、白い雲が流れていた。

後日、ハイナーからの手紙には、あの日だけ太陽が輝いて、その後ずっと雨の日が続いている。忘れられない早春の日だったとあった。

ハイナーとロンコの山で

# ヘッセ美術館

「念願の父の美術館を作りました。小さいものですが、見にきてくれるでしょうね」と、ハイナーから手紙が来た。一九九七年の七月のこと。翌年四月、ヘッセゆかりの地を訪ね、美術館でハイナーと十数年ぶりに会うことができた。

北イタリアの国境に近い南スイスのルガノ湖、ルガノの町からほど近い小高い丘、モンタニョーラに美術館はあった。ここでヘッセは生涯の半分をすごした。

ヘッセ美術館のあるカムッティ館

ヘッセがこの地に住んだ最初の家、カムッティ館。ここはバロック風の宮殿を思わせる館で、今、ここには他の住民もいるが、館の一部を美術館とし、一九九七年七月二日、ヘッセ生誕一二〇周年を記念してオープンした。

ハイナーは当時九十歳で、クリーム色の帽子に淡いブルーの服、杖をついて出迎えてくれた。近くにあるルガノの二番目の家を記念館として保存する計画があったが、資金、維持費の面で立ち消えとなり、やっとカムッティ館の一部をハイナーが買い取ることで美術館が実現した。

館内にはヘッセの水彩画が数多く飾られていた。他に原稿や初版本、世界各国語の訳本などが展示してあった。

何よりも驚いたことに、美術館の本棚に私の二十年前に出版した『ヘッセ旅情』が飾られていた。しかも、本の背でなく表紙を前に置かれて

美術館にて。ハイナーと

いる。ヘッセの絵と日本の書き文字の表紙。この本は出版したときにハイナーに贈呈したもの。一瞬、息が止まる思いであった。私の本が各国の著名な方々の本のあいだに飾られている——

というのも、ヘッセは自宅に多くの本が送られてくるので、つまらない本は庭に埋めて階段を作ったと、何かの本で読んだことがあり、私の本も、とっくに土と化しているのでは——と思っていたからだ。長いあいだハイナーが保存していてくれたことを思い感動したことだった。

本棚の横にはヘッセが使ったタイプライター、白い壁面にヘッセの水彩画とタピストリー。明るく雰囲気のあるヘッセにふさわしい美術館であった。

庭には、大きな白い花をつけた木蓮、棕櫚、栗、桃に藤が絡まり、その下にきれいな水の泉があった。

美術館入口にて

ハイナー・ヘッセ夫妻。ヘッセ美術館で

自然に囲まれたルガノの丘の美術館、この家で、『デミアン』、『クリングゾールの最後の夏』、水彩画入りの『夜の慰め』などの作品が生まれている。

美術館を訪ねた日、昼食を一緒にしようと、この近くの村セルテナゴにあるグロット（洞窟）というレストランへハイナーの友人たち数人と連れ立って出かけた。

店の看板には、郷土料理（Cucina Nostrana）とあり、店内は民芸調で、壁に絵や絵皿、ギター、木彫りの鳥などが掛けられていた。名物はニヨッコ（すいとん）やリゾットなど。メニューもイタリア語なので、ここは南スイスなのだとあらためて気づいた。昼食は肉のステーキ、ワイン、サラダ、コーヒー。大きな肉の皿は半分もいただけなかったが、ハイナーの友人たちの皿はきれいに平らげられていた。店内は、村人たちが来

レストラン「グロット」での食事。中央がイザ夫人。ハイナー（左はし）の隣りにいるのが、ドリス・ツェグラー

るのか賑わっていた。

イザ夫人に、一九七五年にヘッセ水彩画展が日本で開催されたとき、京都でお目にかかったことを話すと、「覚えている」と当時を思い出された。

後日、その友人の一人でライプチヒに住むドリス・ツェグラーに当日の写真を送ったところ、彼女は画家で、自作の画集を送ってきた。

このあと、生誕地のカルフ、神学校、ボーデン湖畔の家などゆかりの地をめぐった。

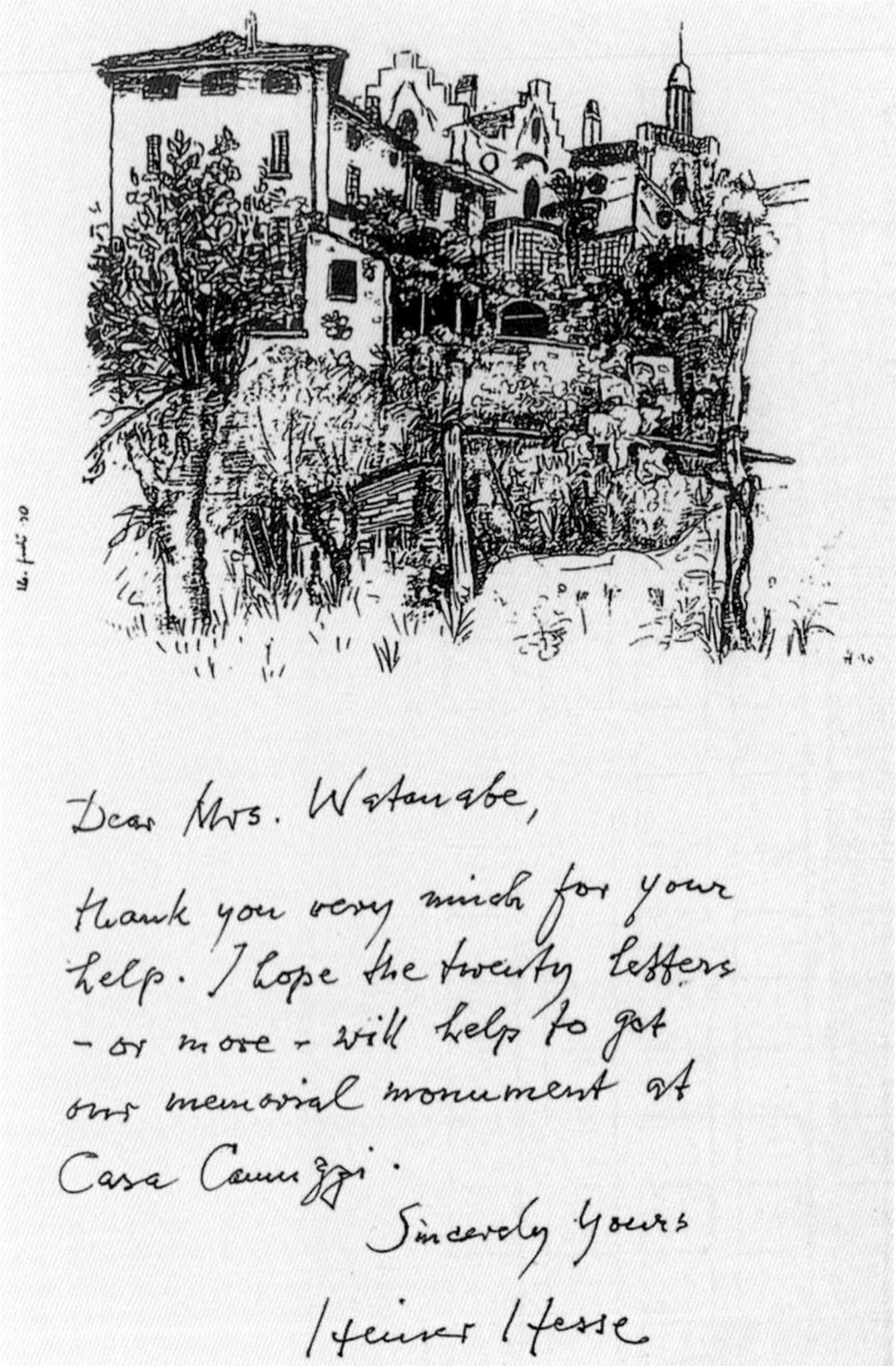
Dear Mrs. Watanabe,

thank you very much for your help. I hope the twenty letters - or more - will help to get our memorial monument at Casa Camuzzi.

Sincerely Yours

Heiner Hesse

美術館への援助を求めるハイナーからの手紙

## 生誕地カルフ

ヘッセが生まれた南ドイツのカルフ。「わたしが知っているなかで最も美しい町」と称えたところ。町を流れるナゴルト川、石造りのニコラウス橋、ヘッセが暮らした時代から百年以上もたっているが、まだ当時の美しい風景が残っている。橋のたもとに、六百年前に建てられたゴシック様式の礼拝堂。このあたりはヘッセの作品『車輪の下』、『クヌルプ』、

ナゴルト川にかかるニコラウス橋

橋のたもとの礼拝堂

『デミアン』などに登場する。「人間にふりかかるものを鋭く新鮮な感覚で体験できるのは十四歳ごろまでで、人はそれを一生糧にして生きるのだ」と書いているように、ふるさとの川や町の情景はヘッセの作品の中につねに存在していたといえる。

ナゴルト川の橋からマルクト広場へ進む。このあたりはヘッセが好んだ場所。広場にヘッセ生誕の家があった。今も一階が布地屋で、上が住まいとなっていて、玄関の柱に「ヘッセの家」という銘板が取り付けられていた。

広場の奥にヘッセ記念館があり、少年時代に関するものが多く展示されていた。

『クヌルプ』の中に次のような一節がある。

カルフのヘッセ博物館

別れを故郷に告げるまでは死にたくない。あの川にも、橋にも市場のある広場にも。いくつかの恋もいまは取るに足らないものになってしまった。それに反して少年のころの、あの神秘に充ちた時代はさらに新しい輝きと魅力をもって思い浮かんでくる。

ヘッセが生まれたカルフは、樅ノ木の黒い森に包まれたナゴルト川の谷間の小さな町であった。そして古い路地や家並み、礼拝堂が雰囲気のある魅力的なものにして、ヘッセの時代そのままに残されていることは、うれしいことだった。

両親が宣教師であったヘッセは、十四歳でマウルブロン神学校に入学するが、一年もたたないうちに逃げ出す。その後、自殺未遂などあって高校に入学するが、また退学。本屋の店員になったが、これも三日しか続かず、町の時計工場の見習い工をし、のち十八歳で書店の店員になってやっと落ち着いたという。こうして生い立ちから不安定な道をたどった。

若いころは、こうした経験を誰でも持つものだ。ひとつところに腰を落ち着けず、模索の時期、ヘッセも自分に合った道を探す放浪（ワンデルンク）を経験している。

カルフの町に「デミアン」という若者たちが集まるスナックがあった。

デミアンという名のスナック

ドイツの田園風景

## 神学校・ボーデン湖畔

マウルブロンは、ヘッセ生誕地カルフの北西四〇キロ。ここにある修道院は十二世紀に建て始められ、十二世紀に新教となって修道院学校が設けられた。

中世的な建物は、敷地の周りに壁がめぐらされて、ロマネスクとゴシックの様式が合う魅惑的な雰囲気をもっている。ここは世界遺産にも登録されているときいた。

ヘッセの『車輪の下』に登場する神学校は、各国からの観光客で絶え

マウブロン修道院

神学校・回廊の噴水

ず賑わっていた。

ヘッセは、この全寮制の修道院神学校の生徒となったが、わずか七カ月で逃げ出している。「内部からの嵐に襲われ、ついに神学校を去ることになった」と自伝に書いている。

修道院の中に入るとまもなく、廊下の向こうから水の音が聞こえてきた。ヘッセに関する本には必ず出てくる神学校の回廊の噴水。写真で何度も見ていたが、三段になった噴水は思ったより大きかった。


修道院の回廊の上に月がのぼってきた。月の光は、ゴシック窓や門の上に流れ、噴水の大きな水盤の中で金色に震えた。月光と光の斑点が窓を貫いて少年の寝室にもさし込んだ。その昔、僧たちの夢を見守

ったように、眠っている少年たちの夢を親しげに見守った。（『車輪の下』より）

この地方では、才能のある少年たちには一つの道しかないのだ。州の試験を通って修道院へ、次は神学校、それから教壇への道だ。

二十二歳のとき、『ロマン的な歌』を出版し、二十七歳のとき『ペーターカーメンチンド』（邦訳題名『郷愁』）を出版。大成功を収めた。そのときマリア・ベルヌリと結婚し、ボーデン湖畔の農家に移り住んだ。

ヘッセの住んだ一九〇四年ごろのガイエンホーフェン。「鉄道もなく、水道も肉屋もなかった。必要なものは湖を渡り買ってくる。その代わり、静けさがあり、空気も水もすばらしい。素朴な人びと……」とヘッセは

ガイエンホーフェン。ヘッセが住んだ家（1904～1907）
記念館になっている

書いている。

湖畔のベンチに座ると、向こう側はスイス領だろうか、教会の塔が見え鐘の音が響いてきた。今のボーデン湖畔は、ホテルや観光客も多くなっているが、緑が多い静かな南ドイツの田舎であった。

この地で生まれたヘッセの作品『郷愁』には、雲についてこう書かれている。


山や湖、嵐、太陽は私の友だちであった。もっと懐かしい恋人は雲だった。この広い世界に私以上に雲について詳しく、私以上に雲を愛している人があればお目にかかりたい。雲は戯れであり、やさしい眼の慰めでもある。雲は祝福する天使の姿、脅迫する手にも似れば、はためく船の帆、それは天と地の間に、すべての人間のもつ憧れの美しいたとえとして漂い流れゆく、幼い子どもの頃から雲は友だちであった……。あの頃、雲から教えられたことを決して忘れてはいけない。

形、色、動作や遊び、不思議な地上的＝天国的な物語について。


ヘッセゆかりの地をめぐるのに、ドイツの田舎のことは当時、日本では不明であった。旅行をする前にボーデン湖畔のホテルを、ハイナーに紹介してもらった。

後日、ガイエンホーフェンのホテルからパンフレットが送られてきた。ドイツから日本まで航空便が三日間で届いたので、「地球も狭くなったと思う。そちらから三日で郵便が届きます」とハイナーに伝えると、

ボーデン湖に向かって

ボーデン湖畔

「商売となると、何でも早いものだね」と返事がきた。

このホテル、ボーデン湖畔に建つスポーツ・ウント・タグンスホテル・ホエリという民芸調のすてきなホテルであった。

# 詩人画家

ヘッセの詩は、『青春詩集』、『孤独者の音楽』、『画家の詩』、『放浪』、『夜の慰め』、『新詩集』などに収められ出版されているが、その数は六百余りに及んでいる。それらの詩では、雲や湖、雨、花、四季、旅、人生などが美しい詩句でうたわれ、音楽的旋律に満ちている。八十五歳でなくなるまで七十年近くうたいつづけたヘッセはまさに詩の世界に生きたといえよう。

## 《白い雲》

おお　見てごらん　白い雲はまた漂ってゆく
忘れられた　美しい歌の
かすかな　メロディーのように
紺青の空をはるか　行方も知らず
どんな心の人にも　あの白い雲はわからない
長い旅路を身に沁みて
さすらいの悲しみと喜びを
味わいつくした人でなければ
私は白い雲を　当て所なく逍《さまよ》うものを愛する

太陽や海や　風のように
なぜならば　故郷のないさすらい人にとって
それは姉妹でもあり　天使でもあるから

《帰郷》

さても、私は永い間
見知らぬ国の客となっていた。
それでもやはり　私は
古い重荷をふりすてて
すっきり癒《なお》った訳ではない。

私は世界のあらゆる所を逍《さまよ》い、
　心をしずめてくれるものを　探し求めた。
　前よりいくらかしずかにはなったろう、
が改めて新しく、
　苦しみを負いたい気がつのってくる。

さあ、おいで、昔なつかしい苦しみよ。
もう享楽《たのしみ》にも　倦《あ》きあきした私は
やはりお前と組みうちたい、
胸と胸をぶっつけ合い、がんじがらめに
　からみ合って。

ヘッセの最初の詩集は『ロマン的な歌』(一八九九年)で、ちいさな四十四ページの小冊子である。南ドイツのチュービンゲンの本屋の店員だった十八歳から二十一歳のあいだに書いたもので、自費出版したが十分の一も売れなかったようである。

ヘッセ生誕百年記念の講演会が神戸の甲南女子大学であったとき、大学が作った複製本をいただいた。*Romantische lieder* という題名のついた美しい小冊子であった。

二十二歳でこのような詩集を出版するとはなんともロマン的で、すでにヘッセ独特の詩調があふれているものであった。

1977年に作成された複製本

# 新　刊

## 脱領域の読書
### ——あるロシア研究者の知的遍歴

塩川伸明著

**知的遍歴をたどる読書録**

長年ソ連・ロシア研究に携わってきた著者が自らの学問的基盤を振り返り、その知的遍歴をたどる読書録。

**学問論／歴史学と政治学／文学と政治／ジェンダーとケア／歴史の中の個人**

購入はこちら

四六判並製310頁　定価3520円

## 未来への負債
### ——世代間倫理の哲学

キルステン・マイヤー 著
御子柴善之監訳

**世代間倫理の基礎を考える**

なぜ未来への責任が発生するのか、それは何によって正当化され、一体どこまで負うべきものなのか。世代間にわたる倫理の問題を哲学的に考え抜いた、今後の議論の基礎となる一冊。

購入はこちら

四六判上製248頁　定価4180円

## 魂の文化史
### ——19世紀末から現代におけるヨーロッパと北米の言説

コク・フォン・シュトゥックラート著
熊谷哲哉訳

**知の言説と「魂」のゆくえ**

古典ロマン主義からオカルティズム、ハリー・ポッターまで——ヨーロッパとアメリカを往還する「魂」の軌跡を精緻に辿る、壮大で唯一無二の系譜学。

購入はこちら

四六判上製444頁　定価6600円

# 新　刊

## 映画研究ユーザーズガイド
### ―21世紀の「映画」とは何か

北野圭介著

**映画研究の最前線**

視覚文化のドラスティックなうねりのなか、世界で、日本で、めまぐるしく進展する研究の最新成果をとらえ、使えるツールとしての提示を試みる。

購入はこちら

四六判並製230頁　定価2640円

---

## カントと二一世紀の平和論

日本カント協会 編

**平和論としてのカント哲学**

カント生誕から三百年、二一世紀の世界を見据え、カントの永遠平和論を論じつつ平和を考える。カント哲学全体を平和論として読み解く可能性をも切り拓く意欲的論文集。

購入はこちら

四六判上製276頁　定価4180円

---

## 戦争映画の誕生
### ―帝国日本の映像文化史

大月功雄著

**映画はいかにして戦争のリアルに迫るのか**

柴田常吉、村田実、岩崎昶、板垣鷹穂、亀井文夫、円谷英二、今村太平など映画監督と批評家を中心に、文学や写真とも異なる映画という新技術をもって、彼らがいかにして戦争を表現しようとしたのか、詳細な資料調査をもとに丹念に描き出した力作。

購入はこちら

A5判上製280頁　定価7150円

# 新　刊

## マルクス哲学入門
### ――動乱の時代の批判的社会哲学

ミヒャエル・クヴァンテ著
桐原隆弘／後藤弘志／硲智樹訳

**重鎮による本格的入門書**

マルクスの思想を「善き生」への一貫した哲学的倫理構想として読む。複雑なマルクス主義論争をくぐり抜け、社会への批判性と革命性を保持しつつマルクスの著作の深部に到達する画期的読解。

購入はこちら

四六判並製240頁　定価3080円

## 顔を失った兵士たち
### ――第一次世界大戦中のある形成外科医の闘い

リンジー・フィッツハリス著
西川美樹訳　北村陽子解説

**戦闘で顔が壊れた兵士たち**

手足を失った兵士は英雄となったが、顔を失った兵士は、醜い外見に寛容でなかった社会にとって怪物となった。塹壕の殺戮からの長くつらい回復過程と形成外科の創生期に奮闘した医師の実話。

購入はこちら

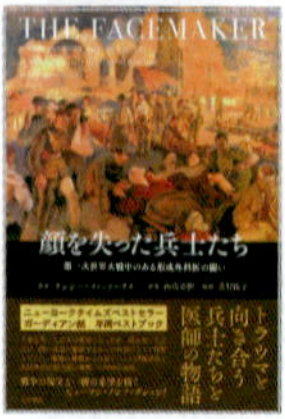


四六判並製324頁　定価4180円

## お土産の文化人類学
### ――地域性と真正性をめぐって

鈴木美香子著

**身近な謎に丹念な調査で挑む**

「東京ばな奈」は、なぜ東京土産の定番になれたのか？　そして、なぜ菓子土産は日本中にあふれかえるようになったのか？　調査点数1073点、身近な謎に丹念な調査で挑む画期的研究。

購入はこちら

四六判並製200頁　定価2640円

私にとって戦争がついに終わったとき、一九一九年の春、私はスイスの片田舎に退いた。自分の詩人としての存在と、自分の文学的作品の価値とに対する信念は失われてしまった。世の中は抽象的なものが一切なくても、立派にやっていけることを悟っていた。しかしわずかな喜びを断念することはできなかった。この願望は心のなかの炎の一つであった。私は四十歳になっていたが、突然、絵を描き始めた。絵描きになりたいと思ったわけではない。絵を描くことは人を楽しく、辛抱づよくする。

これは『若き人びとへ』の自伝的素描のなかで語られている言葉だ。

日本の文学者のなかで、夏目漱石や武者小路実篤などが絵を描いたように、欧米の文豪たちのなかにも、小説に、詩に、絵に、名をのこした人は少なくない。ボードレール、ヴィクトル・ユーゴ、ジャン・コクトー、ゲーテなど。

遠く連なるアルプスの山、湖、明るく太陽に輝く緑やブドウ畑など、ヘッセの家のあたりには、絵になる風景がいくらでもあった。ヘッセは自然のいくつかの色彩を相手に描くのが楽しみだった。麦わら帽子をかぶり、リュックを背に、折りたたみ椅子を小脇にはさんで近くの丘や野に出かけたようだ。

ヘッセの水彩画は、湖や森、村はずれの教会の塔、白い家、農家、橋、ポプラなど、ほとんど風景ばかりである。軽いタッチで、にごりのない簡素な美しさがある。特に春と秋、移り変わる四季の山や湖、雲を敏感にとらえ描いている。その絵は単純な美しさのなかにナイーヴな品格をそなえ、厳しさと優しさが一体となった音楽をきかされるようだ。

《画家の喜び》

畑に麦が熟れているが
　金を払わなければ手に入らない
牧場は鉄条網でびっしり
　ぐるりを張りめぐらされている
あからさまな必需と貪婪《どんらん》とを
　これ見よがしに押し立てている
何もかも頽廃《たいはい》され

ひまわりの咲く村（1927年）

赤い家（1923年）

障壁をもってさえぎられている

しかしこの私の眼の中には
　万象を立て直す
　別の秩序が支配している
紫菫《すみれ》色をずっと流して
　緋色の赤を君臨させる
その純潔の歌を　私は口吟《ず》さむ
黄に黄を加え
　黄のそばに赤を並べてみる
冷たい青に薔薇色を添えて
　空高く棚引かせる

光と色彩が　世界から世界へと
翔け　とびかい
弧を描いて　ついに愛の大波の中に
余韻となって消えてゆく

病めるすべての人を回癒する
精神の支配するところ
新しく描き　湧き出る泉から
緑の歌は響き渡り
世界は新しく意味深い
コンポジションに　区画される

# 東洋と西洋

ヘッセは若いころからインドや東南アジアに旅し、東洋の精神に深く心を惹かれて、中国の古典を学び、戦争中に悩んだときも、心を奮い立たせる理想を見出したという。『戦争と平和』に収められている彼のエッセイのなかに「支那風の考察」（一九二一年）というのがある。

私の書斎の片隅に支那の思想家たちの著書が並んでいます。これらの古代の書のなかには実に立派な、しばしばまた驚くべき現実的な問題が説かれています。戦時中、私を慰め心を立ち直らせてくれた思想を見つけ出すことができたのです——。

若いころは東洋の精神を語るとき、主として印度のこと、仏陀のことを考えていましたが、今日、印度と同じくらい支那を、支那の芸術を、老子を荘子を考え、李太白のことを考えるようになりました。古代の支那の思想は、例えば古い老荘の教えなど、私たち欧州人にとって決して縁のうすい骨董品ではなく、むしろ人間の本質において西欧人を確証し、戒告し、援助してくれるものであることがわかってきました。——私たちがなおざりにしてきた思考法への導きを、精神力が培われていることを発見したのです。

同じように『戦争と平和』に収められているものに「不屈の魂」（一九一九年）がある。

「唯一つ私が愛して措かぬ徳がある、これを『不屈の魂』という」と、書き出しから、偽善者や愛国主義者のもつ道徳が美徳として通用する時代を辛らつに評し、その不信感を述べている。「金や権力を売るために媚び、争うことが平気で行われるなかで、自分の最も深い内心にある生命の力を信頼する者だけが救われる」と。

ヘッセは戦争中、不屈の魂のもとで評論を書いたが、これは一般からの敵意を買い、嘲笑される結果になった。その心を暖め、勇気づけてくれたのは、フランスの作家ロマン・ロランであった。これらの評論を読んでみると、戦争中のヘッセの悩みははかりしれない。

作品においても、「インドの詩」という副題がつけられている『シッダールタ』（一九二二年）で、主人公の苦行僧シッダールタは教義や仏陀の教えに従うのではなく、自分の体験にかける。『シッダールタ』や『東方巡礼』（一九三二年）のなかでも主人公は東洋的無我を貫き、解脱、内面への道を突きつめている。

ヘッセを東洋に近づけたものは、宣教師であった母方の祖父ヘルマン・グンデルトと従兄のヴィルヘルム・グンデルトであった。ヴィルヘルム・グンデルトは宣教師として長いあいだ東洋にあってインド哲学を研究し、日本にも来たことがある。

ヘッセの父もまた伝道の道に生き、インドに渡って布教に努めたが、健康を損ねて欧州に戻り、南ドイツの村でヘルマン・グンデルト牧師の布教の仕事に協力したのだった。ヘッセの母はグンデルトの娘で、父が布教をしていたインドで生まれた。

ヘッセの「日本の読者に」という文章の一部を記しておこう。

私がアジアの精神に若いころから親しんだのは逃避の場であったけれど、次第にいとこのグンデルトや宣教師などによって個人的に東洋に関係をもつようになりました。とくに禅を知り、日本の画家や芸術を、日本の抒情詩の直観と清浄さを愛してきました。——こうして私にとっては西洋の伝統とならんでインドと中国と日本が師となり生命の泉となりました。——東方と西方の智恵は、敵意をもって争う力としてではなく、心を開き、視野をひろくもち、実り多い生命がふれ合う両極として考えたいのです。

ヘッセは西方から東方にその思想のうえで共鳴するものを見出した。第二次世界大戦が始まった一九一四年ごろ、ヘッセは「平和」という詩を発表している。

それから百年が経過している今、東洋の一角で核兵器実験が実施され、世界中から注目されている。地球上では国と国の争い、民族紛争が絶えることなく、くり返されている現状のなか、世界の人々が真の平和を考えるときが、今きているといえないだろうか。

ヘッセの詩のなかに、禅寺の修行僧や日本の野の仏をうたったものがある。路傍の石仏の写真集を見てヘッセが作詩した「日本の野の仏に」は、私の好きな詩の一つであり、感銘の深い作品である。

「日本の魅力」というテレビ番組のために奈良の路傍の石仏を取材したことがある。人里はなれた竹やぶの中に、また山寺の小道の傍らに、苔や草の葉に隠れた野の仏を訪ねもとめた。探しあてた石仏たちのなかには、白鳳の仏と伝えられる古いものもあって、その銘は、ほとんど見極めもつかない姿となっていた。そのとき、風化していく野の仏の詩を身に沁みて味わったものだ。

長い歳月のあいだ野の雨に打たれ、朽ちほそった石仏たち——この日本の野の仏を見て、西欧の詩人が高貴な使命と輪廻の世界をうたう、その言葉に心を打たれたのだ。

西欧から東洋の、特に中国の思想を汲み学んだヘッセは、私たち以上に東洋の心を理解していた詩人ではないかと思うのである。

《日本の野の外れに朽ちてゆく御仏たちに》

いく年の野の雨に打たれ　円やかに
　なごみ瘠せたる御仏たち
露霜に虐げられし御身
　緑の苔などむし
やさしき御頬　汝が大なる伏せたる眉根は
静寂なる諸業の行方をさし示す
易々と今は朽ちはてて　全宇の裡
形骸なく　限りなく無常の界に　還りゆきます
なおその亡びさびたる御姿に
気高き王者の使命の名残を　とどめ

泥にまみれ地に伏し
　御姿さだかならねど
円融の御心　すでにさわやかに悟りいます
明日の日は　草木の根となり　葉となりて
そよ風に鳴り　清水となり　流れさざめきて
澄み渡る空の紺青《あお》さを　映さんもの
また蔦《つた》かづら　羊歯《しだ》の葉
海藻の末と　かがまりちぢみて
永遠の全一なる輪廻《りんね》の姿とならんものを

この詩は、ヘルマン・ヘッセが若杉慧著の写真集『石仏の運命』を見て作詩し、一九五八年にヘッセから芳賀檀のもとに次のような詩として送られてきたものです。

***Buddha-Figure, in einer japanischen***
Waldschlucht verwitternd
(Kei Wakasugi gewidmet)

Gesänftigt und gemagert, vieler Regen
Und vieler Fröste Opfer, grün von Moosen,
Gehn deine milden Wangen, deine grossen
Gesenkten Lider still dem Ziel entgegen,
Dem willigen Zerfalle, dem Entwerden
Im All, im ungestaltet Grenzenlosen.
Noch Kündet die zerrinnonde Gebärde
Vom Adel deiner Königlichen Sendung
Und sucht doch sehon und ahnt in Schlamm und Erde,
Der Formen ledig, ihres Sinns Vollendung,
Wird morgen Wurzel sein und Laubes Säuseln,
Wird Wasser sein, zu spiegeln Himmels Reinheit,
Wird sich zu Efeu, Algen, Farnen Kräuseln,
Bild alles Wandels in der ewigen Einheit.
(Dezember 1958)

H. Hesse

Für Mayumi Haga

## 「老いは成熟」というヘッセ

「私の好きなドイツのヘルマン・ヘッセが『老いは成熟』と言っています……」

先日、テレビを見ていたら「老い」についての話題のなかで、聖路加国際病院理事長の日野原重明先生のお話。

このごろは百歳をこえる人もたくさんいる時代、齢を重ねることは、水の流れるように、自然に、酒が熟成していくように、心のままに行動する老人はいつまでも若い――こんなお話であった。

十年ほど前、ドイツのヘッセ研究家V・ミヒェレス（出版社の編集者）がヘッセの遺稿を整理して編集した一冊の本が、『人は成熟するにつれて若くなる』と題して出された。

その翌年に出版された本について『週刊朝日』の記事に、「ヘッセ『庭仕事の愉しみ』は六十歳のバイブル、突然大流行の兆し」とあった。ヘッセといえば、『青春は美し』、『車輪の下』など小説や詩の作家のイメージがあったが、庭仕事は思索と創造を生む瞑想のひととき、ということで、六十、七十歳をこえた熟年層にこの本はうけたようだ。

その年のハイナー宛のクリスマス・カードに日本のヘッセ愛読者について書き添えた。

「いま、日本でヘッセの本がベストセラーになっています。ひと昔前に読まれたヘッセ文学ではなく、イラストやペン画、詩、写真の入った

『庭仕事の愉しみ』がお年寄りにうけているのです。父上の詩やエッセイは、人生哲学というか、多面的な要素をもって、いつまでも日本人に愛読されています。」

ヘッセは、短編小説のほかに評論やエッセイを新聞や雑誌に数多く発表している。老年や死について描いたものは七十五歳前後の執筆が多く、八十五歳で生涯を終えるまで、加齢していく人生体験を描写することができた。

ヘッセ存命中に、「八十歳の誕生日」をテレビ放送したことがあった。関西に民放テレビ局が生まれた一九五六年ごろ、大阪テレビに勤務していたころのこと。

夜の放送終了前に、明日はこんな日です、と三分間のフィルム番組「日づけ豆事典」という番組を担当していた。

「七月二日はドイツ生まれの作家ヘルマン・ヘッセの八十歳の誕生日。『デミアン』、『荒野の狼』など数々の作品を発表し、ノーベル文学賞を受賞したヘッセは今も健在で、スイスのルガノ湖に近い村で詩やエッセイを執筆されています。」こんな語りの番組、画像は近影の写真、ルガノの風景、水彩画など写真構成であった。映像に流すBGMにはモーツァルトの弦楽四重奏の一部を選曲した。それはチェロの独奏部分で美しいメロディであった。

後日、ヘッセに八十歳のお誕生日のことをテレビ放送したとお知らせした。あとで知ったが、スイスでも八十歳のお祝い会が行われたとか。

ヘッセは一九六二年八月九日の朝、八十五歳で亡くなったが、前夜には大好きなモーツァルトのピアノソナタをきいて床に就かれたという。机の上のノートには、次のような詩が記されていた。

早朝のルガノ湖畔

## 《折れた小枝》

裂けて折れた小枝が
来る年も来る年もぶらぶらと
風に吹かれて　かさかさ歌をかきならす
葉もなく木肌もなく
朽ち枯れて　あまりにも長い命に
死にきれぬ命に疲れて
その歌は不屈に粘り強く響く
執拗に　しかしひそかにおびえながら
せめてなおひと夏
なおひと冬を

ルガノのヘッセ美術館の近くに聖アボンディオ教会がある。糸杉が両側にそびえる情緒豊かな教会で、丘から遠くルガノ湖が見える。ここでヘッセの葬儀が行われ、学友であった牧師が追悼の言葉を述べたという。教会の前に墓地があった。広い敷地には赤や黄、白の花がそれぞれ飾られていて、その一隅にヘッセの墓。

一九八三年に訪れたときは、ヘッセの墓がどこにあるかわからず、墓地を整備していたおじいさんに、方角だけ教わり、墓石を一つずつ読んでいって、やっと見つけたことを思い出した。ヘルマン・ヘッセの名前と年号だけが石に彫られた清楚なもの。いつも墓前には水仙やパンジーの花が咲いている。

ヘッセの墓

糸杉の並木が導く聖アボンディオ教会

教会の参道は、両側に背の高い糸杉が何本もすらりと立って、参詣者を迎えてくれる。このあたりは標高がかなりあるのか、背景の山にうすい雲が流れている。全体がうす紫にかすみ、清澄な空気のなかでひときわの風情。聖アボンディオ教会は、いまも中世的な雰囲気をただよわせて、そのたたずまいは訪ねる人を魅了する。

アボンディオ教会というと思い出すことがある。最初に訪ねたとき、ルガノの街のバス事務所で切符を買い、行き先のバスの番号を聞いて乗車した。二十分ほどで教会の前に降りた。

墓参りをすませ、帰りのことはなんの不安もなかった。バスかタクシーでも、と思っていたから。

道路に立つと、バス・ストップも時刻表も見当たらない。途方に暮れていると、教会から昼の鐘がガランガランときこえ、あたりはのどかな風景であった。道は湖に向かって下り坂で、二、三分に一台の車がかなりのスピードで走り去る。一台が私を見つけ急ブレーキをかけ、二十メートル先で止まった。

「どこまで行くか、シニョリーナ！」

「グラッツィエ」と手を横に振った。

外国旅行のヒッチハイクのことはきいていたが、こんな体験になるとは思わなかった。ルガノの街まで歩くと一時間はかかる。二台目も同じように断った。

三台目がやってきた。私が手も挙げないのに、やはり礼儀とばかり急ブレーキをかけてくる。こちらも決心をして、車に駆け寄り、ルガノ駅まで乗せていただけるか、ときいた。運転の男は車を道端に寄せ、「どうぞ」とドアを開けた。

「どこから来たか」

「ジャポーネ。ヘルマン・ヘッセの墓参りに来た」

彼はフランス人で三十歳くらい。村の学校の先生だという。つづけて「ヘッセのことなら、ヘッセが昔に住んでいた館があるので案内しよう」と、私の返事もきかず、車をUターンさせて坂を上っていった。さすがにこのときは不安になった。駅とは逆方向に走っているではないか。――このまま湖の底に沈められては迷宮入り――こんな想像が頭をよぎった。五分ほど走り、カムッテイ館の前で止まった。この館の中には住人もいるが、入らないか、と言ってくれた。

通りすがりの、初対面であり、他人の家に入ることは遠慮して、建物の外をカメラに収めるだけにとどめた。(その後、この館の一部分がヘッセ美術館になった。)

ルガノ駅で別れるとき、何か差しあげるものはないかとバッグの中を探して、日本の五円と五十円のコインをプレゼントした。この五十円玉は、昭和三十〜四十年ごろのもので、今、通用しているものより大きく、直径が二・五センチ、中央に直径五ミリの穴がある。

彼は、ヨーロッパには穴のあいたコインがないので珍しがって、五円玉を彼の首にかけていたペンダントにとおして、これでよいか、ときいた。彼の胸で金色の五円玉がキラリと光った。

私は安心感もあって、厚くお礼を述べて別れた。

「シニョール、ミレ、グラッツェ！（大変ありがとう）」

こうして、見知らぬ人のお世話になりながら旅をつづけた。

# 「ラヴェンナ」をきく

ルガノの美術館を訪ねたとき、館長が各国のヘッセ愛読者に呼びかけてヘッセ友の会（Associazione Amici del Museo Hermann Hesse）へ入るようすすめているという。当時、年会費一〇〇スイスフラン（約一万円）、美術館の運営に協力してほしいとのことだった。

入会すると、音楽会、朗読会、講演などが紹介される。そのなかに「ヘルマン・ヘッセとオトマール・シェック　生涯の友情」のタイトルで、音楽と講演のポスターが送られてきた。

Museo
Hermann Hesse
Montagnola
Hermann Hesse & Othmar Schoeck Un'amicizia per tutta la vita
Museo Hermann Hesse
Montagnola
17.00 Apertura della mostra
Uli Rothfuss
addetto alla cultura di Calw
Entrata libera
Villa Principe Leopoldo
Gentilino
20.45 Concerto
Hommage a Hermann Hesse
con Christine Walser
(mezzosoprano)
e Veronika Scully
(pianoforte),
composizioni di Schoeck,
Hugo Wolf,
Alma Mahler,
Gustav Mahler
Entrata libera
Domenica
11 luglio 1999

オトマール・シェック（Othmar Schoeck 1886-1957）はスイスの有名な作曲家でヘッセの音楽友だちであった。

ウリ・ロートフス（ヘッセと同郷の作家）は「素顔のヘルマン・ヘッセ」に次のように書いている。

「ヘッセは自分の詩に曲がつけられることを喜ばなかったが、シェックの曲は、微妙なニュアンスの違いに対する感覚にすぐれ、詩を理解していると、この作家を高く評価していた。」

ヘッセ友の会に、「詩に曲がつけられたものをきいたことがないので、テープがあればきいてみたい」と手紙を出したところ、一カ月ほどしてオーストリア製のCDが送られてきた。

CD「オトマール・シェック歌曲集」ピアノと声楽、このCDにはヘッセの詩「ラヴェンナ」、「夏の光」、「青い蝶」、「無常」などが入っていた。

「ラヴェンナ」はバリトン歌手のナーザン・ベルグ、「青い蝶」はソプラノ、「春」はテノール——歌曲はどれも一分から三分前後の、ピアノ伴奏である。シューベルトがゲーテの詩をもとに作曲した「魔王」や「野ばら」、ミュウラーの詩に曲をつけた「美しき水車小屋の娘」は、日本でも親しまれ、ロマンにあふれた曲は有名である。ヘッセの詩にシェックが作曲したものは、やはり新しい感じで、流れるようなピアノ伴奏にのって叙情的な歌が美しい雰囲気をもっていると、送られてきたCDをきいて感じたことだった。

イタリアへ行ったとき、「ラヴェンナ」の詩が浮かび、どうしてもこの町に行きたくなって、北イタリア（フィレンツェから北東に一〇〇キロ）の小さな町ラヴェンナを訪ねた。

この詩のように、ラヴェンナは歴史のある落ち着いた、古い教会を囲む小さな町で、街角をスケッチしてきた。

《ラヴェンナ》

I

私もまたかつてラヴェンナにいたことがある
小さな　死滅したような町だった
堂塔伽藍が林立し　到る所に
　数限りない廃墟があった
それらの歴史については　人は書物をひもとくがよい

ラヴェンナのサン・ビタール教会（San Vitale)。 6 世紀

まっすぐに市の中に入って
　身の周りを見廻してみる
街道は悲愁に充ち
　しっとりと濡れそぼち
そして千年の沈黙を守りつづけ
到る所　苔むし、徒に雑草のみはびこっている

これこそ古い昔の歌そのもの――
人はじっとその歌をきき
　誰ひとり笑う者はなく
そして誰しも　その歌に魅せられ

心打たれた人は
その日　夜晩く迄眠らず
思いわびるに違いない

イタリア・ラヴェンナの町

# 晩年のハイナー・ヘッセ

いま私の手もとにあるファイルに、百通をこえるハイナーからの手紙があり、もう二冊目になっている。

はじめのうちは、クリスマス・カードを送る程度であったが、彼がルガノに美術館をオープンしてから、私も時間に余裕ができて、手紙をよく交換するようになった。

テレビを見ていたら、スイスが大雪とのニュース、「大丈夫？」と書き送たり、日本の秋は台風のシーズン、先日も台風の大暴れにあったと便りを出すと、台風の被害がひどくなくて何よりと返事がきたり。亡くなる二年ほど前から、手紙の終わりに身体の調子がよくない、あの世へ旅立つ日も遠くない、などと書いてくることが何回かあった。

水車小屋の家で、犬とひっそり暮らしいる九十歳をすぎたハイナーの姿が浮かんでくる。こんなとき、どう慰めてよいか迷ったが、自分の周辺を見てこんな手紙を送った。

「私の叔母は百五歳で老人ホームにいますが、元気で、食堂まで車椅子を押して出かけていきます。百歳（Centenarian）まで頑張ってください。」すると、「Centenarian はとても無理だよ」と折り返してきた。

二〇〇二年のクリスマスに、ドイツ語のたどたどしい文字でカードがきた。「私は病院であなたの挨拶を受け取りました。もう疲労困憊。電話もファックスも郵便も送らないで。私は病気です。」今まで、英語で文通していたのに、はじめてドイツ語であった。

二〇〇三年四月、ハイナーから手紙がきた。何気なく封を切ると、

Heiner Hesse　1 März 1909 — 7 April 2003

ショックだった。封筒にはいつものゴム印のハイナーのアドレスだったから。

小さなヘッセの絵と四行の詩が添えてあった

魂を奪いとれ、さあその時がきた
苦しみも悩みも奪いとって。

Entreiß dich, Seele, nun der Zeit,
Entreiß dich deinen Sorgen
Und mache dich zum Flug bereit
In den ersehnten Morgen.

Hermann Hesse

待ちこがれた朝のうちに
飛翔しよう

ハイナーの訃報は、ドイツの新聞でも報ぜられた。「ハイナー・ヘッセは大いなる文化遺産を守った」という見出しであった。父ヘルマン・ヘッセの遺品を管理したり、美術館をオープンさせたり、各国でヘッセ展を開催したり。九十四歳で他界したハイナーはたしかに大きな業績をのこした。

# 孫からの手紙

ハイナーの訃報のカードに喪主のアドレスがあったので、長いあいだの友情に感謝していると、チューリヒに住む長男のシルヴァー・ヘッセに手紙を送ったところ、最期を記した手紙が届いた。

「ハイナーに関しての、多くのお悔やみの手紙は私たちを感動させました。

その中に、父を思い起こさせるものがいろいろ感じとれました。私たちが気づかなかった愛人を公表したり、当惑させることもありました。

ハイナーは、彼が望んだようなかたちで亡くなりました。二月以来、突然良くなり、食欲もあり、いつものように手紙を書いたり、電話をしたりしていました。三月一日は、ハイナーの九十四歳の誕生日を身内で祝いました。イザはその場にいました。四月七日の夕方、看護を引き継ぐために、ドイツからダーフィットが来ました。ハイナーは大喜びで、前の看護のことも感謝していました。

肘掛け椅子に横になり、少し話をしました。夜の二十三時、トイレに行こうとし、そこで倒れました。彼をベッドに横たえ、身内と医師に知らせました。この時がハイナーの死であったと確認されました。

Zürich, im Mai 2003

Dear Mr. Watanabe –

Die vielen Briefe und Zeichen der persönlichen Anteilnahme an Heiners Tod haben uns berührt und geholfen. In ihnen klingt manches an, was sehr an unseren Vater erinnert. Aber auch Neues erfahren wir, das uns verborgen Gebliebenes offen legt, manchmal betroffen macht, und wir müssen erkennen, dass Kinder ihre Eltern häufig nicht so unbelastet erleben wie Freunde und Bekannte.

Manche haben nach den Umständen von Heiners Tod gefragt, einige auch, wo er begraben liegt. Heiner ist so gestorben, wie er es sich wünschte. Nach seinem letzten Spitalaufenthalt um Weihnachten fühlte er sich nach langer Pflege und Betreuung ab Februar unerwartet besser, hatte mehr Appetit, schrieb wieder wie gewohnt seine Briefe, las und telefonierte. Noch am 1. März feierten wir im kleinen Kreis Heiners 94. Geburtstag - Isa war ebenfalls dabei. Mit der Frühlingswärme glaubten wir, würden die Lebensgeister noch einmal zurückkehren, einen weiteren Sommer lang. Doch in den ersten Apriltagen hat er sich schwächer gefühlt, wenig gegessen und musste wieder umsorgt und auch nachts betreut werden.

Am 7. April gegen Abend ist David aus Deutschland eingetroffen, um die Pflege für die folgenden Tage zu übernehmen. Heiner hatte sich darüber sehr gefreut, so wie er bereits die Monate zuvor Davids Betreuung spürbar genoss und auch bewundert hat. Jetzt fühlte er sich aber sehr schwach, lag in seinem Lehnstuhl und hat nur wenig gesprochen. Nachts um 23 Uhr wollte er zur Toilette; dort ist Heiner zusammengebrochen. David gelang es, ihn auf sein Bett zu legen, darauf rief er uns und den Arzt an. Dieser hat wenig später Heiners Tod festgestellt. Wir andern Kinder (Silver, Eva und Hellen) trafen erst etwas später im Mulino ein; wir waren sehr froh, dass David Heiner bei seinem Sterben begleiten konnte. Während fast zwei Tagen lag er auf seinem Bett; diese Stunden des ruhigen Abschiednehmens hat uns geholfen, das Endgültige besser zu akzeptieren.

Heiner hatte vieles vorgekehrt. Bereits vor Jahren vermachte er mit einer letztwilligen Verfügung seinen Körper dem Anatomischen Institut; am 9. April wurde er nach Zürich überführt. Viele Kuverts zur Anzeige adressierte er vor bald drei Jahren mit seiner Hermes Baby. Das hat bei einigen Brieffreunden zu traurigen Überraschungen geführt. Anstelle einer Abdankung und Feier wünschte er sich ein schönes Sommerfest ohne Trauer mit Risotto, Wein und Musik im Kreis von Freunden. Diesen Wunsch werden wir ihm erfüllen.

Sincerely Yours Silver Hesse

シルヴァーからの手紙。スケッチは「焚き火をするヘッセ」(グンター・ベーマ　Gunter Böhmer 1911-1986) ヘッセの友人、画家、グラフィック・アーティスト

私たちはダーフィットが看取ることができて、ほっとしました。ほとんどまる二日間、彼はベッドに横になっていました。静かないとまごいの、この時間は、私たちに、「良き運命であった」と甘受する時間を与えてくれました。ハイナーは多くのことを大切にしていました。

数年前から解剖学研究所に献体を希望していました。それで四月の九日、チューリヒに運ばれました。

三年前から、文通仲間への自分の死亡通知用の封筒の宛先を書いて準備していました。

そして、告別式の代わりに、リゾットとワインと音楽で、深い悲しみなしの身内のすてきな夏祭りを望んでいました。私たちはこの希望を彼のために叶えてあげるでしょう。

シルヴァー・ヘッセ」

（イザは夫人、シルヴァー、エーファー、ダーフィットは三人の子どもの名）

シルヴァーの手紙について、二、三の友人に話すと、「告別式の代わりに、リゾットとワインと音楽で、悲しみなしのパーティなんて、いいお話ですね」と、熟年者たちは、日本の葬祭を思い合わせ、人生の終幕について身に沁みて感じたことだった。

いまつくづく思う。長いあいだのハイナーの友情をふりかえり、その恩恵を享受しながら、私は余生の旅をつづけようと。

## 《散りゆく木の葉》

吹く風のまにまに
散りさらばえて
まろびゆく一枚の枯葉
さすらいの旅も
若き命も　恋すらも
燃えるときもあり
終るときもあり

そこはかと吹く風に
何れは森のはずれ

または溝に落ちて
朽ちゆく木の葉
さて　また　私の旅も
いづこの果てに終るやら

## ヘッセ略年表

1877年　　　　７月２日南ドイツのカルフに生まれる。

1891年（14歳）マウルブロン神学校に入学。

1892年（15歳）神学校を逃げ出し、退学。カンシュタットの高等学校に入る。

1893年（16歳）高校退学。

1895年（18歳）チュービンゲンの書店の見習い店員となる。

1899年（22歳）詩集『ロマン的な歌』刊行。

1901年（24歳）イタリア旅行。『ヘルマン・ラウシャー』刊行。

1904年（27歳）『郷愁（ペーター・カーメンチンド）』刊行。マリーア・ベルヌーイと結婚。

1906年（29歳）『車輪の下』刊行。

1911年（34歳）東南アジアを旅行。

1912年（35歳）スイスのベルンに移る。

1914年（37歳）第一次世界大戦が起こる。平和主義を唱え、ドイツのマスコミから追われる。

1916年（39歳）『青春は美し』刊行。

1919年（42歳）『デミアン』刊行。南スイス、ルガノ湖畔に住む。

1920年（43歳）『画家の詩』『放浪』『クリングゾールの最後の夏』刊行。

1922年（44歳）『ジッタールタ』刊行。

1923年（46歳）離婚。スイス国籍を得る。

1924年（47歳）ルート・ヴェンガーと結婚。

1927年（50歳）ルートと離婚。『荒野の狼』刊行。

1930年（53歳）『知と愛（ナルチスとゴルトムント）』刊行。

1931年（54歳）ルーマニア生まれで美術史研究家のニノン・ドルピンと結婚。

1932年（55歳）『東方巡礼』刊行。

1943年（66歳）『ガラス玉遊戯』刊行。

1946年（69歳）ゲーテ賞、ノーベル文学賞受賞。

1955年（78歳）西ドイツ出版社協会から平和賞を贈られる。

1962年（85歳）８月９日、自宅で永眠。

HH. 1951

# あとがき

戦後まもなく、学生寮にいた私は、混沌とする世にあって読む本もさほどないなか、『郷愁』、『青春は美し』など、ヘッセの小説にひかれて次々と読んでいました。それは荒野に咲く花のように精神のよりどころを求める人たちを励まし慰めるものでした。

読むだけでは物足りなくなって、感想を著者自身に知ってもらいたくなり、スイスのヘッセに手紙を送りました。

思いがけない返事――大学寮の郵便受けにヘッセからの小包を見たと

きは、天にも昇るうれしさでした。うれしさのあまり、当時、神戸女学院音楽部でヴァイオリンを教えていた林龍作先生のもとに走って報告にいったことを覚えています。私にヘッセの小説『クヌルプ』を教えて下さったのが、林先生でした。

小包には『デミアン』の本と、私が学生だったので、二十歳のころの写真が入っていました。当時は海外旅行も許可されない時代、ヨーロッパという遠い国の物語を想像して、本を読むたびに感想を書き送りました。こうしてヘッセの小説に傾倒していったのです。それから半世紀が経過しました。その間に次男ハイナーを二度スイスに訪ね、最近は孫のシルヴァーからはじめはドイツ語で、あとは英語で手紙がくるようになりました。長い歳月に、ヘッセ家三代と親交を結んだことになります。

そのあいだ、仕事をしているときも、ふとヘッセの詩を思い浮かべ、また、落ち込んだ時も彼の人生哲学を心のよりどころとしてきました。生誕一三〇周年を迎えようとしている今、絶えず心の支えをもらったことに感謝をささげたいと思います。

この本では、一九七七年に出版しました『ヘッセ旅情』に加えて、生誕地カルフやルガノ美術館などゆかりの地を訪ねたものを記しました。ヘッセの詩と作品からの引用は、ドイツ文学者、故芳賀檀先生の翻訳によるもので、「孫からの手紙」は、友人の三宅秀文さんに訳をお願いいたしました。感謝申し上げます。本文中のヘッセの水彩画は、私にいただいたものと、ハイナーに掲載を承諾いただいたものです。ヘッセ美術館を訪ねたとき、「もういちど一冊の本にまとめたい」と話したところ、「是非、実現してください」と励ましていただきました。

編集にあたって協力いただいた伊藤桃子さんにお礼を申し上げます。

猫のティーガーとヘッセの頭像

渡辺もと子（わたなべ・もとこ）

1952年、神戸女学院大学卒業。

1957年、大阪テレビを経て毎日放送入社。テレビ番組「美を求めて」「日本の魅力」「千客万来」「料理ジョッキー」「親の目　子の目」「真珠の小箱」「現代を生きる」など、ディレクター、プロデューサー。

1987年、「鶴瓶かあさんなら……」で文部大臣賞、ギャラクシー奨励賞など受賞。

1990年、毎日放送退社。

著書に『ヘッセ旅情』（1977年、巧羊書林）、『Vision 遊目』（1997年、毎日新聞出版局）。

ヘッセからの贈り物

2006年11月15日　初版第1刷印刷
2006年11月22日　初版第1刷発行

著　者　渡辺もと子
発行者　渡辺博史
発行所　人文書院
〒612-8447　京都市伏見区竹田西内畑町9
電話　075-603-1344　振替　01000-8-1103
印刷所　創栄図書印刷株式会社
製本所　坂井製本所

落丁・乱丁本は小社送料負担にてお取替えいたします


ISBN4-409-14061-2　C0098